AF349671

LA MORT

DE

L'OPÉRA-COMIQUE,

ELEGIE

Pour rire et pour pleurer.

LA MORT

DE

L'OPÉRA-COMIQUE,

ELEGIE

POUR RIRE ET POUR PLEURER,

Par un Jeune Homme, âgé de 17 ans.

Il étoit, il n'est plus.

PAR-TOUT.

M. DCC. LXII.

LA MORT

DE

L'OPÉRA-COMIQUE,

ELEGIE

POUR RIRE ET POUR PLEURER.

QUE n'ai-je, hélas! d'un Chantre d'Idumée
Le ton plaintif & la verve animée,
Pour célébrer le plus grand des malheurs
Qui fait couler la source de mes pleurs!
Digne sujet de la douleur publique!
Nous n'irons plus à l'Opéra-Comique,
Il est plongé dans l'éternelle nuit,
Et pour toujours il est enfin détruit.
Je veux pleurer sa piteuse aventure,
Ses longs revers & sa déconfiture,
Jusques au tems où ce Monstre pelé,
Qui vient toujours sans qu'il soit appellé,

De qui jamais l'on ne peut se défendre,
Et qui souvent se plaît à nous surprendre ;
La Mort enfin, œil cave, nez camus,
Faisant chanter mon dernier *In manus*,
Fera tarir les larmes que je verse
Sur l'Opéra que par-tout on disperse.

Je ne suis pas le seul sage attristé,
Qui voudroit bien qu'on n'eût point culbuté
Cet Opéra, qui des bords de la Seine
Charma long-tems les soucis & la peine.
Plus d'un Seigneur, plus d'un petit Collet,
Ont de chagrin coupé leur poil follet,
De coups de poings se meurtrirent la face,
En apprenant la cruelle disgrace
De ce Théatre où régnoient les Amours,
Les Jeux, les Ris, dans leurs naifs atours ;
Où l'on voyoit Momus, ce Dieu comique,
Danser au son d'une tendre Musique.

Divinité qui dois naître après moi,
Puisse mon nom voler jusques à toi ;
Toi qu'à grands cris plus d'un Rimeur appelle,
POSTÉRITÉ, remarquable pucelle,
Quoique tu sois encor dans le néant,
Que cet Ecrit ne vivra qu'un instant,
Je vais pourtant t'adresser la parole ;
Mais tout Rimeur eut une tête folle,
Plus d'un en vain aime à versifier,
Plus d'un en vain a gâté du papier.

Ecoute-moi, pucelle encor à naître,
Et qui liras tous ces vers-ci, peut-être.
  Il fut jadis un spectacle enchanteur,
Chaffant la bile & la mauvaife humeur,
Où l'on couroit s'égayer & s'inftruire,
Où le chagrin étoit forcé de rire,
Où le Caton laiffoit l'air impofant,
Où le Robin étoit vif & galant,
Où la Mufique agréable, éclatante,
Faifoit goûter une joie innocente,
Où maints tendrons au féduifant minois,
Charmoient encor par le fon de leur voix,
De Cythérée étoient rare merveille,
Et qui plaifoient au cœur comme à l'oreille ;
Cet Opéra que gouvernoit Momus,
Qui le croiroit ? ô ciel ! n'exifte plus ;
Par un Arrêt, plein de rigueur extrême,
On le força de s'immoler lui-même ;
Avec courage il apprit fon deftin,
Et s'y foumit fans faire le mutin.
Crois mes fermens, je te plains, je le jure,
Avec raifon, trifte race future ;
Tu n'auras point le bonheur, le plaifir,
De voir un jour, d'admirer, d'applaudir,
Cet Opéra qui manqua d'un Mécene,
Quoique pour plaire il unît toute Scene.
Regrette au moins un fpectacle fi beau,
De pleurs amers couvre-toi le mufeau,

A iv

Dans tes chagrins découvre-toi la nuque,
Sois fans cheveux & même fans perruque,
A coups de poings poche-toi les deux yeux,
Fais la grimace, & braille à qui mieux mieux,
Jeûnes, maigris & fois enfin éthique,
On t'a ravi notre Opéra-Comique.

De ce fpectacle aimable & malheureux
Je vais conter à nos derniers neveux
Les changemens, les troubles, les miferes,
Et les plaifirs & les douleurs ameres ;
Ils apprendront d'un Pégafe pouffif,
Et qui par fois eft un peu trop rétif,
Qu'à des méchans il fut long-tems en bute ;
Ils apprendront fa gloire & fa culbute.

Certains Mortels dans l'Univers connus,
Guidés, conduits, infpirés par Momus,
Pour égayer avec fuccès la France,
A l'Opéra donnerent la naiffance :
Il parut donc ; mais mal-fait, pied tortu,
Bouche béante, air agard, nez fourchu,
Ne difant rien, d'un mauvais caractere,
En mots groffiers découvrant le myftere
Du tendre amour, qui fouvent rougiffoit,
Mais malgré tout, m'a-t-on dit, il plaifoit ;
Enfin laffé de fa longue fredaine,
Des quolibets qu'il difoit par centaine,
Le libertin croquignolé, honni,
Fut de par-tout honteufement banni ;

Lors larmoyant & faifant trifte mine,
Il apperçut refroidir fa cuifine;
Seul dans un coin, jurant entre fes dents,
D'un gros pain bis il fe nourrit long-tems;
Après avoir prié, fait pénitence,
Et bien prouvé fur-tout fa repentance,
Il reparut d'un air vif, familier,
C'étoit à qui le verroit le premier,
On fe culbute, on fe coigne, on s'empreffe,
Si bien que l'un oublia dans la preffe
Son haut-de-chauffe & l'autre fon manteau;
On le trouva plus réfervé, plus beau,
On le fêtoit d'une lieue à la ronde,
Il recevoit l'argent de tout le monde,
Il fe flattoit de faire fes choux gras,
Mais le pauvret, hélas ! ne les fit pas;
Il prit un jour la poudre d'efcampette,
Et tout-à-coup délogea fans trompette.
Force lui fut de fe fauver ainfi,
Il auroit pu tomber à la merci
De gens mauvais qui vouloient le pourfendre,
Si d'un inftant il ofoit les attendre.
Il fut loger, en tremblant, dans un trou,
Ne poffeda bientôt pas un feul fou ;
Ses boyaux lors qui vuides fe trouverent,
Dans leur dépit furieufement gronderent,
Dans peu de tems notre pauvret maigrit,
Son ventre outré fe rida, s'applatit,

Tant il jeûna qu'enfin le pauvre diable
A ſes amis devint méconnoiſſable,
Il reſſembloit ces êtres mal famés,
Vrais cerveaux creux, ſquélettes animés ;
Au galetas, où gît leur infortune,
Ils ſont poſtés tout voiſins de la Lune,
Bravent les maux, dominent l'Univers,
En l'accablant d'une grêle de vers.
  Le malheureux, plus mince que des quilles,
Parut enfin traîné ſur deux béquilles ;
A ſon aſpect chacun ſe réjouit,
Et le chagrin par-tout s'évanouit ;
Il devint ſage, amuſant, plus ſevere,
Et l'on voulut diſſiper ſa miſere ;
Pour l'obliger alors on vint s'offrir,
On ſe plaiſoit à bien le ſecourir.
Avec grand ſoin le facile SEDAINE
De mets friands lui remplit la bedaine ;
Le court F *** vint, en geſticulant,
Lui donner pain, tantôt bis, tantôt blanc,
Son boulanger, qui fait tout ſon mérite,
Se tient caché, le grivois en profite ;
Sire VADÉ lui fit auſſi du bien,
Donna beaucoup, P *** preſque rien ;
De grands préſens le combla Sire ANSAUME,
Cœur généreux, aimable & ſavant homme ;
Maître QUETANT, qu'on eſtime par-tout,
Dont on connoît l'eſprit & le bon goût,

Pour adoucir sa triste destinée ,
Le fit lui seul vivre toute une année ;
Un Amphion rare , enfin, PHILIDOR,
Lui fit gagner d'étonnans monceaux d'or;
Certain Mortel que j'honore & j'estime,
De qui le nom est revêche à la rime,
Qui joint en lui deux sublimes talens
Que le Public applaudit en tout tems......
O généreux ! ô charmant LA RUETTE !
Pour te chanter ma voix est trop fluette,
Tu secourus, dans son besoin pressant ,
Sire Opéra qu'on fait reconnoissant.
Mais j'en aurois pour long-tems, je l'avoue,
A nommer ceux dont l'Opéra se loue ,
C'est à lui seul à chanter les bienfaits
De ces Mortels qu'on n'oubliera jamais.
Etant nourri dans un si doux délice,
Sire Opéra guérit de sa jaunisse,
Devint vermeil , gai , frais, dispos , gaillard ,
Bien amusant , enfin, gras comme lard.
Ses ennemis s'appercevant qu'à peine
Il se mouvoit sous sa panse trop pleine,
Et qu'il faisoit meilleure chere qu'eux,
Forment d'abord le projet trop affreux
De lui couper jambes , bras, nez & tête;
A la sourdine ils forment la tempête;
Ils font si bien que trouvant dans un coin
L'infortuné sans arme & sans témoin,

O défefpoir ! las ! qui pourroit le croire ?
Du premier coup lui caffent la mâchoire ,
Et d'un revers lui coupent rafibus
Jambes & bras , & le rendent camus ;
Alors criant comme un chien qu'on étrille ,
Notre écourté , pour fe fauver , fautille ;
Traîne après lui fon malheureux gigot ,
S'en va fanglant , mort de peur , & manchot.

    Il n'eft donc plus ce fpectacle agréable !
Qui put former l'orage qui l'accable ?
Je vois déja fes membres difperfés ,
Avec mépris détruits & renverfés ,
Trotter par-tout d'un pied léger , agille ,
Et de Paris contraints de faire Gille.
Même B O U R E T , cet Acteur excellent
Qui de P R É V I L L E a le rare talent ,
Sera forcé , malgré tout fon mérite ,
S'il a deffein d'échauffer fa marmite ,
De dire adieu pour toujours à Paris ,
Et , fans quitter fes rats ni fes fouris ,
De s'en aller courir la pretantaine ,
Et d'honorer la provinciale fcene
De la préfence & de l'air dégourdi
D'un bon Acteur par la Cour applaudi.

    Il n'eft donc plus cet Opéra-Comique
Dont tant j'aimois les vers & la mufique !
Il cede enfin aux derniers coups du fort ,
Oui , c'en eft fait , il n'eft plus , il eft mort ,

(13)

Tout eft fini, jamais, jamais, peut-être,
Dans ces bas lieux il ne pourra renaître ;
Puifqu'il eft mort il n'en faut plus parler,
De fon trépas il faut fe confoler . . . . .
O ciel ! mon ame à ces mots abattue ,
Va fuccomber au chagrin qui la tue ,
Mon œil, couvert d'un voile fombre ou noir,
Ne voit plus rien, je meurs , adieu , bon foir.

  Graces au ciel je fuis encor en vie.
Je me complais dans la douce manie
De me flatter que du fein du trépas
Sire Opéra pourra revenir. Hélas !

I N.